GUÍA DE LECTURA

Escrita por Luigia Pattano
Traducida por María Olivera Álvarez

La verdad sobre el caso Harry Quebert

de Joël Dicker

JOËL DICKER

ESCRITOR SUIZO DE LENGUA FRANCESA

- **Nació en 1985 en Ginebra (Suiza)**
- **Algunas de sus obras:**
  - *El tigre* (2005), cuento
  - *Los últimos días de nuestros padres* (2010), novela
  - *La verdad sobre el caso Harry Quebert* (2012), novela

Suizo francófono, Joël Dicker nació en 1985 en Ginebra. Diplomado en derecho, siempre cultivó una verdadera pasión por la escritura. Esta se manifiesta de forma precoz: con 10 años, Joël funda una revista sobre la naturaleza que le valdrá el título de «el redactor jefe más joven de Suiza». En 2005, su cuento *El tigre* recibe una recompensa y se publica en un concurso literario. A partir de entonces, se engancha a la escritura novelesca. En 2010, *Los últimos días de nuestros padres* (relato histórico sobre la contribución de los británicos en la resistencia francesa) recibe el premio de los escritores ginebreses, pero solo se publicará en 2012.

LA VERDAD SOBRE EL CASO HARRY QUEBERT

UNA APASIONANTE NOVELA POLICÍACA

- **Género**: novela
- **Edición de referencia**: Dicker, Joël. 2013. *La verdad sobre el caso Harry Quebert*. Traducido por Juan Carlos Durán Romero. Madrid: Alfaguara
- **Primera edición**: 2012
- **Temáticas**: investigación, asesinatos, escritura, sociedad de la información, éxito

Publicada en septiembre de 2012, *La verdad sobre el caso Harry Quebert* es la segunda novela de Joël Dicker. La historia ocurre en la costa este de Estados Unidos en el verano de 2008. Marcus Goldman, un joven novelista, decide investigar un caso sórdido relacionado con su antiguo profesor de universidad: el gran escritor Harry Quebert, acusado del asesinato de una anciana y de una joven de 15 años con quien habría tenido una relación amorosa. El relato lo cuenta Marcus en primera persona del singular y está salpicado de citas de manuscritos que se evocan en el texto.

Esta novela policíaca nos ofrece una instantánea de la sociedad estadounidense contemporánea y pistas para reflexionar sobre diversos temas; el amor, la amistad, la escritura, el éxito o también la sociedad de la información.

RESUMEN

La novela consta de tres partes, cada una de ella con un título y un subtítulo que evocan el trabajo de escritura del narrador. Además, cada sección está dividida en capítulos numerados en orden decreciente. El número de capítulos corresponde al número de consejos de escritura y de vida que Harry Quebert le daba a Marcus Goldman cuando era su profesor. Estos consejos se presentan al principio de cada capítulo. Debemos señalar que este resumen no sigue la estructura de la novela.

UN AMOR ASESINO

Marcus Goldman, la nueva gran estrella de la literatura estadounidense tras la aparición de su primera novela en 2006, está falto de inspiración. Presionado por su editor, Roy Barnaski, llama a su antiguo profesor, Harry Quebert, escritor. Este le invita a pasar unas semanas en su casa, en Aurora. El 6 de marzo de 2008 mientras está con Harry, Marcus se entera de algo horrible: durante el verano de 1975, Harry, con 34 años en aquella época, mantuvo una relación amorosa con Nola Kellergan, de 15 años. El 30 de agosto del mismo año, la joven desapareció en extrañas circunstancias.

El 12 de junio de 2008, Marcus recibe una llamada de Harry, quien le anuncia que han encontrado el cuerpo de Nola en el jardín de su residencia Goose Cove. Harry es el primer sospecho no solo del asesinato de la joven, sino también del de una anciana, Deborah Cooper. Los medios de comunicación se apropian del caso, que se vuelve más escandaloso cuando

Harry reconoce haber estado enamorado de Nola. Harry es encarcelado y Marcus se instala en Goose Cove para estar cerca de su amigo.

En la cárcel, Harry le revela que Nola y él habían planeado huir juntos la noche del 30 de agosto. Además, le pide que queme su manuscrito de *Los orígenes del mal*, la obra maestra que catapultó su carrera unos años antes. Rápidamente, el escándalo rodea la novela cuando la prensa anuncia que Harry lo escribió para Nola.

UNA INVESTIGACIÓN LLENA DE COMPLICACIONES

El 18 de julio de 2008 Marcus comienza su investigación sobre los asesinatos de 1975 para que se descubra la verdad y así librar a su amigo de cualquier culpa. Empieza a interrogar a los habitantes de Aurora. El jefe de policía, Travis Dawn, le informa de que la única pista de entonces, un Chevrolet negro, hacía sospechar de Harry. Al inspeccionar el lugar del crimen, se encuentra con el sargento Perry Gahalowood, que le ordena que no interfiera en la investigación. Poco después, Marcus empieza a recibir amenazas anónimas y alguien prende fuego a su Corvette.

A lo largo de la investigación, Marcus sigue visitando a Harry. Este le desvela algunos detalles sobre su romance con Nola. Le cuenta que iba al Clark's durante el verano de 1975 para avanzar con su novela y observar a Nola, de quien estaba enamorado. También menciona el día que pasó solo con Nola en Rockland y le cuenta cómo Jenny, la camarera del Clark's, se había enamorado de él. Como tenía miedo de sus sentimientos hacia Nola, Harry decidió salir con Jenny. Cuando Marcus la interroga sobre su relación con Harry, ella le reconoce que siempre estuvo enamorada de él.

Durante una de sus visitas, Harry le cuenta a Marcus su segunda cita con Jenny. Nola los había visto juntos y se había vuelto loca de celos. Por la noche, Harry había comenzado a escribir su novela.

Después, Marcus interroga a la madre de Jenny. Esta le confiesa que el verano de 1975 descubrió un documento que demostraba que Harry estaba interesado por Nola. Se lo enseñó al jefe de policía de la época, Pratt, y lo escondió en una caja de acero en el Clark's. Pero los papeles desaparecieron de forma misteriosa. Cuando Marcus interroga a Robert Quinn, el padre de Jenny, este le reconoce que fue él quien robó y quemó, porque Nola se lo había pedido, la hoja de Harry que su mujer había guardado en una caja; así explicó su desaparición.

Al ver el entusiasmo que suscita el caso, Barnaski propone a Marcus que aproveche la situación para publicar una obra sobre el caso. Un día le invaden las ganas de escribir y se lanza a escribir un libro sobre Harry. Más tarde firma un contrato con Barnaski.

UN CLARO CULPABLE

El 22 de junio de 2008 Marcus cuestiona al reverendo David Kellergan, el padre de Nola. En esta ocasión también se entera de que cuando encontraron el cuerpo de Nola, también estaba el manuscrito de *Los orígenes del mal* con esta inscripción: «Adiós, mi querida Nola» (Dicker 2013, cap. 23). Cuatro días más tarde, Nancy Hattaway, una vieja amiga de Nola, le confía al joven novelista que la joven se quejaba de que su madre le pegaba. También le dice que la joven tenía una relación con un tal Elijah Stern y que su chófer, Luther Caleb, iba a buscarla a Aurora. Cuando Marcus informa a Harry de todo lo que acaba de enterarse, este le desvela las razones de su plan de huida con Nola: la violencia que la joven sufría en su casa.

Después de esto, Marcus descubre que Stern era el propietario de Goose Cove en 1975 y va a su casa. Allí encuentra un lienzo que representa a Nola desnuda con la firma L. C. En esa época, Harry había decidido irse de Goose Cove después del baile de verano de Aurora porque él andaba escaso de dinero, pero Stern le había pedido que se quedara como su invitado.

Marcus informa de sus descubrimientos al sargento Gahalowood, que acepta por fin su colaboración. Por su parte, el sargento se entera de que Caleb murió en un accidente de coche el 26 de septiembre de 1975.

El 3 de julio de 2008 Gahalawood y Marcus interrogan al jefe Pratt, que reconoce haber tenido encuentros sexuales con Nola, por lo que es acusado de haber mantenido relaciones sexuales con una menor. La policía también registra la casa de Stern: se lleva el cuadro que representa a Nola. El 9 de julio, los análisis confirman que el mensaje escrito en el manuscrito de *Los orígenes del mal* no es de Harry y, tras los exámenes grafológicos, este es puesto en libertad.

Unos días más tarde, Gahalowood interroga a Stern y descubre que es homosexual. Nola le había pedido trabajo para poder pagar el alquiler de Goose Cove en lugar de Harry. Ella había aceptado la propuesta de Caleb de posar denuda para algunos cuadros.

Sin embargo, surgen nuevas amenazas y alguien incendia Goose Cove. Allí, la policía encuentra un bidón de gasolina en el que descubren una huella dactilar. Por otro lado, Harry echa a Marcus de su casa por el libro que ha escrito sobre el caso.

El 18 de julio Gahalowood y Marcus interrogan a la hermana de Caleb. Esta les cuenta la historia de su hermano: la agresión que sufrió a los 18 años, su consecuente soledad, la oferta de trabajo de Stern, su pasión por la pintura, etc. Además, les dice que su hermano estaba enamorado de Nola y que había desaparecido algunos días antes que ella. Las sospechas apuntan ahora a Caleb.

El sargento también se entera de que él murió en un Chevrolet negro. Entonces, Gahalowood y Marcus visitan al policía que había investigado su muerte: este la había relacionado con la desaparición de Nola, pero el jefe Pratt lo había descartado. Después van a ver a Pratt, pero lo encuentran muerto.

El 30 de julio de 2008 es el entierro de Nola. El 3 de agosto, el análisis grafológico revela que Caleb es el autor de la inscripción en el manuscrito que Nola tenía con ella. Así, un informe concluyó que Luther Caleb era el asesino de Nola Kellergan y de Deborah Cooper. A finales de mes, Marcus termina su libro: *El caso Harry Quebert*. Cuando se publica, tiene un éxito inmediato.

LA TERRIBLE VERDAD

Unas semanas más tarde, Gahalowood llama a Marcus para anunciarle un descubrimiento terrible: la madre de Nola murió en 1969, o sea, 60 años antes de la desaparición de su hija. Entonces deciden ir a Alabama, donde descubren que Louisa Kellergan falleció en el incendio de su casa, provocado de forma voluntaria por su hija. A los 9 años, Nola mató a su madre. Le habían practicado exorcismos golpeándola para liberarla del mal. Por eso, Nola desarrolló un desdoblamiento de personalidad: creía ser su madre y se pegaba a sí misma.

Por su parte, Harry desaparece y le deja a Marcus un manuscrito titulado *Las gaviotas de Aurora*.

El padre Kellergan confirma la declaración del pastor y explica que se habían ido de Alabama con la esperanza de que Nola se curara. Pero la noche del 30 de agosto de 1975, Nola tuvo una crisis terrible. El reverendo encontró sobre su cama una carta de ruptura, la misma carta con la que termina *Los orígenes del mal*. Cuando parece que la investigación está estancada, la policía descubre que las huellas encontradas sobre el bidón de gasolina que estaba cerca de Goose Cove coinciden con las de Robert Quinn.

Después de seguir al nuevo sospechoso, Gahalowood ordena registrar las profundidades del lago de Montburry. Los submarinistas encuentran un revólver y un collar de oro con el nombre «Nola» grabado. Travis, el esposo de Jenny, es interrogado y hace que las sospechas se centren en su suegro al inventarse pruebas falsas. Robert reconoce el asesinato de Nola y Deborah Cooper, pero su versión no coincide con los diferentes aspectos descubiertos durante la investigación.

De esta forma, Gahalowood se da cuenta de que los indicios que Travis le ha facilitado son falsos. Finalmente Robert reconoce que está protegiendo a su hija Jenny y a Travis, los verdaderos culpables junto con Pratt, de los asesinatos de Nola Kellergan, de Deborah Cooper y de Luther Caleb. Además, Travis mató a Pratt porque este estaba a punto de descubrir sus crímenes. Así pues, Jenny y Travis son detenidos.

El 18 de diciembre de 2008 Harry se presenta en casa de Marcus. Este le cuenta que Stern formaba parte de la banda que había agredido a Caleb cuando tenía 18 años. Le había contratado porque se sentía culpable. Cuando Stern le enseñó la correspondencia entre Caleb y Nola, Marcus se dio cuenta de que Caleb era el autor de *Los orígenes del mal*. Harry solo había escrito *Las gaviotas de Aurora*. Entonces, Harry le explica a Marcus que Caleb le había dado su manuscrito para que lo leyera, y él se dio cuenta inmediatamente de que se trataba de una obra de arte. Cuando murió Caleb, decidió fingir que era suyo: por lo tanto, había construido su carrera sobre una mentira. Harry le pide a Marcus que escriba la verdad de su historia antes de que se vaya pasa siempre.

ESTUDIO DE LOS PERSONAJES

MARCUS GOLDMAN

Marcus, el narrador principal, es un joven escritor con mucho éxito. Nació en una familia de clase media y siempre tuvo una única ambición: ser un escritor famoso. En la época del caso Quebert, en 2008, él tiene 30 años, ya es el autor de un primer *best seller* y está a punto de publicar un segundo libro. De su aspecto físico sabemos muy poco, aparte de que a varios personajes les parece guapo.

En cuanto a su pasado, es él mismo quien nos lo cuenta (Dicker 2013, cap. s 30 y 29) evocando sus años de instituto en Newark y sus estudios universitarios en Burrows. Incapaz de aceptar los retos porque le aterrorizaba la idea de perder, Marcus consiguió imponer a los demás una imagen extraordinaria mintiendo sobre sus habilidades y, sobre todo, evitando enfrentarse a los que podían ganarle. En el instituto le llamaban «el Formidable». En Burrows conoce a Harry Quebert, profesor de humanidades y prestigioso escritor; este hecho será fundamental en su vida. En ese momento, Marcus se da cuenta de su talento real. Harry lo lleva a sobrepasar sus límites y nace una relación especial entre profesor y alumno. Durante sus encuentros, Harry le da consejos de escritura o de vida aludiendo al boxeo, su pasión común.

Cuando el 12 de junio de 2008 estalla el caso de Harry Quebert, Marcus comprende que debe ir a Nuevo Hampshire para defender a su maestro y amigo. Comienza a investigar los misteriosos sucesos de 1975 respaldando al sargento Gahalowood. Los resultados de la primera parte de la investigación constituyen el argumento de su primer libro: *El caso Harry Quebert*, que aparece en otoño de 2008. Los sucesivos descubrimientos lo llevan a comenzar la redacción de un segundo volumen: *La verdad sobre el caso Harry Quebert*.

HARRY QUEBERT

Harry Quebert tiene 67 años cuando es detenido por la policía el 12 de junio de 2008. Es el principal sospechoso de la muerte de Nola Kellergan y Deborah Cooper, asesinadas el 30 de agosto de 1975.

De él sabemos que siempre fue muy elegante. De joven vivía en Nueva York, donde daba clase y soñaba con ser un gran escritor. Durante el verano de 1975 se instaló en Aurora, en Nuevo Hampshire, y allí se enamoró de Nola, a pesar de la diferencia de edad. Con ella vivió una gran historia de amor, que le inspiró para escribir la novela *Las gaviotas de Aurora*. Poco antes de que Nola desapareciera, Luther Caleb le había entregado su primer texto para que lo leyera y le diese su opinión al respecto. Harry en seguida se dio cuenta de que el relato de Caleb era una obra de arte. Después de la desaparición de Nola y la muerte de Caleb, decidió apropiarse la obra, que se publicó con el título *Los orígenes del mal* en 1976 y le valió la consagración literaria. En 2008, su detención y el descubrimiento de su relación con una joven de 15 años serán su caída. Avergonzado, le cuenta toda la verdad a Marcus pero rechaza su amistad.

NOLA KELLERGAN

Nola Kellergan era la única hija de David y Louisa Kellergan, evangelistas del sur de los Estados Unidos. Nació en 1960 en Jackson, Alabama, y llegó a Aurora con su padre en el otoño de 1969. Sus habitantes adoraban a esta joven «dulce y atenta, dotada para todo, resplandeciente» (Dicker 2013, cap. 29). Siempre tenía una palabra amable para todos y «esa alegría de vivir sin igual que podía iluminar los peores días de lluvia.» (*ib.*).

Durante la investigación, a Marcus le cuentan que con 15 años era una «hermosa jovencita, con maravillosas piernas, senos generosos y un rostro de ángel» (Dicker 2013, cap. 24). Tenía el pelo ondulado y rubio y los ojos verdes. Ya volvía locos a los hombres. También se entera de que su alegría de vivir escondía una grave psicosis que comenzó con la muerte de su madre y los golpes que ella se propinaba a sí misma.

Durante el verano de 1975 tuvo una relación amorosa con Harry Quebert, pero esta se interrumpió el 30 de agosto de 1975, día de su desaparición y de su muerte. Solo encontraron su cuerpo 30 años más tarde, el 12 de junio de 2008 en el jardín de Harry, cuando este iba a plantar hortensias. Ese descubrimiento provoca abrir la investigación de 2008.

PERRY GAHALOWOOD

Perry Gahalowood es sargento de la brigada criminal de la policía estatal. Sabemos que es negro y seguidor de Barack Obama. Su físico imponente y fornido, y sus bastas formas pueden causar una primera mala impresión. De hecho, Marcus lo califica de «terco como una mula» (Dicker 2013, cap. 30). Se encarga de investigar la muerte de Nola Kellergan y se muestra muy severo con el escritor durante sus primeros encuentros. Pero, poco a poco, se hacen amigos y colaboran. Rápidamente comprendemos que el sargento es en realidad un hombre muy dulce y sensible, amargado por su trabajo. Es él quien apoya a Marcus en los momentos más difíciles de la investigación.

TRAVIS DAWN

En 2008 Travis Dawn es el jefe de la policía de Aurora y está casado con Jenny. Participó en la investigación de la desaparición de Nola y la muerte de Deborah Cooper en 1975. Marcus lo interroga varias veces. Su apariencia es engañosa: Travis siempre se muestra disponible y afable, nunca se enfada. Sin embargo, al final del relato nos enteramos de que es el responsable, junto con el jefe Pratt, de la muerte de tres personas: Luther Caleb, Nola Kellergan y Deborah Cooper. Además, también mata a su antiguo jefe y cómplice antes de revelar la verdad sobre sus actos.

EL JEFE PRATT

El jefe Pratt era el jefe de policía de Aurora durante el verano de 1975. Es un hombre muy dulce que, no obstante, se comprometió en aquella época al tener relaciones sexuales con Nola Kellergan. En 1975, llevó a cabo la investigación sobre unas muertes de las que él era responsable, junto con el policía Travis Dawn. Investigador y asesino a la vez, se ve abrumado por una gran culpabilidad. En el otoño de 2008, está a punto de revelar toda la verdad a la policía, pero Travis lo mata antes de que lo haga.

LUTHER CALEB

Luther Caleb fue dos veces víctima y chivo expiatorio en la investigación. Víctima de una agresión de una violencia inaudita que le deformó el cuerpo y la vida cuando tenía 18 años, era un hombre que asustaba debido a su aspecto, pero que tenía una gran dulzura en su interior. Con grandes dotes para el arte, era un excelente pintor, además de un gran escritor. En 1975 estaba enamorado de Nola Kellergan, a la que pintaba durante todo el día, y a la que también dedicó una novela excepcional que se convirtió en *Los orígenes del mal*. Ese mismo año fue brutalmente asesinado.

ELIJAH STERN

Elijah Stern es uno de los hombres más ricos de Nuevo Hampshire y el antiguo propietario de Goose Cove, la casa a orillas del mar donde Harry vive durante tres décadas.

Joven universitario, forma parte de una banda llamada «Field goals» que ha sembrado el terror en Maine durante varios fines de semana. Cuando sus amigos y él se emborrachaban, se dedicaban a dar palizas a quien se les cruzara, se divertían dándoles patadas en la cara como si se tratara de una pelota. Esto duró hasta que se toparon con Luther Caleb: la agresión fue tan violenta que estuvo a punto de morir. Stern guardó durante mucho tiempo para sí este secreto que lo atormentaba. Para compensar su error, contrató a Luther como chófer y le concedía todo lo que le pedía. De esta forma le permitió que pintase a Nola desnuda en su casa, para calmar sus deseos. Durante la investigación de 2008, sospechan que Stern ha tenido una relación con Nola Kellergan. En realidad, Stern es homosexual.

ROY BARNASKI

Roy Barnaski es el editor de Marcus, propietario de la prestigiosa editorial Schmid & Hanson. Con un gran sentido del comercio, a menudo comparte con Marcus sus opiniones sobre la industria editorial, así como los gustos y las peticiones del público. Es un verdadero tiburón en su campo, un hombre poderoso y sin escrúpulos, que pide a sus autores libros-basura «con algo de suspense, de morbo y un poco de sexo» (Dicker 2013, cap. 27). Le ofrece a Marcus un contrato de un millón de dólares a cambio de una obra sobre el caso Harry Quebert.

CLAVES DE LECTURA

UNA NOVELA ENIGMÁTICA

Los ingredientes de la novela enigmática

La verdad sobre el caso Harry Quebert pertenece al género de la novela policíaca. Muy codificado y fácilmente reconocible, este género puede, sin embargo, presentarse de tres formas (o subgéneros): novela enigmática, novela negra y novela de suspense.

La novela policíaca puede caracterizarse por su enfoque sobre un grave delito, jurídicamente reprensible (o que debería serlo). Dependiendo del caso, trata de: saber quién cometió el delito y cómo (novela enigmática); cerrar el caso y/o derrotar al que lo cometió (novela negra), o evitar que se produzca (novela de suspense).

Por tanto, el marco es jurídico-policial con algunos elementos estructurales determinantes (para la novela enigmática, que es el punto de referencia simbólico del género): un investigador externo al caso, una estructura dual y regresiva (la investigación comienza después del crimen pero, durante su progreso, reconstituye lo que ocurrió antes del crimen), un lugar esencial acordado según un código hermenéutico (la cuestión planteada y la tardanza para resolverla: enigma, secreto, solución parcial, indicio, engaño, equivocación...), la generalización del secreto (todo el mundo esconde algo), la sospecha universal, la oposición entre la verdad y las apariencias... La novela enigmática se construye cediendo el punto central a la investigación que da lugar al relato del crimen (Reuter 1997, 9-10).

Basándonos en esta lectura de la novela policíaca, es evidente que la intriga de Dicker pertenece al subgénero de la novela enigmática. Destaca principalmente:

- la presencia de, al menos, una víctima (al principio de la novela) que desencadena una investigación;
- una estructura dual que supone dos historias (la del crimen y la de la investigación, siendo el objetivo de esta última reconstruir la primera);
- un juego intelectual entre el investigador y el criminal que se duplica con un juego intelectual entre el autor y el lector;
- una manera específica de organizar la información sobre el crimen mediante indicios y engaños.

Las víctimas, los investigadores y la investigación

Como toda novela enigmática, *La verdad sobre el caso Harry Quebert* presenta una víctima desde el principio del texto: en el capítulo 30 el narrador anuncia el descubrimiento del cadáver de Nola Kellergan, desaparecida hace 33 años. Este hecho desencadena la investigación del sargento Gahalowood sobre los asesinatos de Nola y de Deborah Cooper, la segunda víctima, asesinada también la noche del 30 de agosto de 1975. A medida que la intriga avanza, aparecen otras víctimas del pasado: Louisa Kellergan y Luther Caleb, cuyas misteriosas muertes nunca fueron investigadas. Por último, uno de los criminales se convierte a su vez en víctima: el antiguo jefe de policía Pratt. Este último reúne por sí mismo tres papeles típicos del género policíaco:

asesino (la noche del 30 de agosto de 1975), investigador (del asesinato de Deborah Cooper y de la desaparición de Nola, en septiembre y octubre de 1975) y víctima (en 2008).

Tanta superabundancia de víctimas complica la intriga, todavía más al multiplicarse la lista de culpables: el jefe Pratt y Travis Dawn (responsables de los asesinatos), Harry Quebert (autor del robo del manuscrito de *Los orígenes del mal* y de un gran fraude editorial), Elijah Stern (culpable de la agresión a Luther Caleb) y Nola Kellergan (asesina de su propia madre).

Al descubrimiento del cadáver de Nola le sucede el inicio de una investigación cuyo objetivo es resolver el enigma del crimen basándose en indicios y en un razonamiento lógico-deductivo. En esta novela, la investigación es doble, incluso múltiple. El narrador, Marcus Goldman, nos presenta su propia investigación para demostrar la inocencia de Harry Quebert, acusado de doble asesinato y de secuestro. Inicialmente, esta investigación se opone a la investigación oficial que acusa a Harry Quebert basándose en dos elementos: el descubrimiento del cadáver de Nola en el jardín del escritor y la presencia del manuscrito de *Los orígenes del mal* en el bolso de la víctima. Estas dos investigaciones se unen cuando el sargento Gahalowood acepta la colaboración de Marcus Goldman. Hacia el final del relato aparece una tercera investigación: la de la autoría de *Los orígenes del mal* y de *Las gaviotas de Aurora*.

El juego intelectual

Toda intriga policíaca se basa en un juego intelectual: el

escritor propone un enigma a su público y, para ello, salpica su texto de indicios (por ejemplo, el informe de la investigación de 1975) o engaños (como la supuesta violencia de la madre de Nola), destinados a hacer progresar o a llevar la reflexión del lector al error. Así, entre los dos caminos se establece un pacto de lectura, que se traduce en el ámbito policíaco en una sumisión del receptor a las informaciones facilitadas por el autor. En contrapartida, este debe prestar especial cuidado al encadenamiento de las revelaciones: su objetivo siempre es ir un paso por delante del lector, si no, este podría adivinar el desenlace del relato antes del final y, por lo tanto, anular todos los efectos de suspense.

En este caso, este juego intelectual se duplica con un segundo reto que lanza Harry a Marcus y, por extensión, al público: aclarar el caso del extraño manuscrito de *Los orígenes del mal*, añadiendo como estimulante suplementario que esclarecerlo solo acabará con la amistad de ambos.

Por último, señalemos que esta novela presenta otra característica del género policíaco: generalmente, la investigación tiene una duración temporal delimitada de forma precisa y bastante corta. Aunque haga referencia a crímenes cometidos 33 años antes, la investigación sobre la muerte de Nola Kellergan y Deborah Cooper dura alrededor de cinco meses: del verano al otoño de 2008. El narrador se toma la molestia de indicar las fechas de forma precisa y rigurosa. De esta forma, sabemos que la investigación oficial comienza el 12 de junio de 2008 y que está a punto de cerrarse a principios del mes de noviembre.

PISTAS PARA LA REFLEXIÓN

ALGUNAS PREGUNTAS PARA PROFUNDIZAR EN SU REFLEXIÓN...

- Marcus parece rechazar la visión que tiene su editor acerca de la literatura, ¿pero se oponen realmente su libro y sus actos a los ideales de Barnaski ?
- Al final de la novela sabemos que Harry ha construido su carrera de escritor sobre una gran mentira. ¿Encuentra algún parecido entre su personaje y el narrador?
- Al darle el consejo décimo cuarto a Marcus, Harry afirma: «nuestra sociedad ha sido concebida de tal forma que hay que elegir continuamente entre razón y pasión. La razón nunca ha servido de nada y la pasión a menudo es destructiva.» (Dicker 2013, cap. 14). Comente esta cita. Según usted, ¿Harry, en su relación con Nola, se inclinó más hacia la razón o hacia la pasión?
- La novela *Los orígenes del mal*, obra maestra de Harry Quebert/Luther Caleb, no solo la ensalza la crítica, sino también, el público. Es un gran éxito en las librerías. Esto parece dar a entender la siguiente ecuación: un buen libro es un *best seller*. Desde su punto de vista, ¿un *best seller* siempre es un buen libro? ¿Existen libros muy buenos que no sean *best sellers*?
- El metarrelato se considera una característica del siglo XX, del periodo en el que los historiadores de la literatura denominan el postmodernismo. Explique en qué consiste en *La verdad sobre el caso Harry Quebert*. ¿Conoce otras obras de la literatura española contemporánea que presenten un metadiscurso?

- ¿En qué aspectos se puede decir que este relato se parece a la novela negra? Para responder, compárelo con otros ejemplos célebres.

¡Su opinión nos interesa!
¡Deje un comentario en la página web de su librería en línea,
y comparta sus favoritos en las redes sociales!

PARA IR MÁS ALLÁ

EDICIÓN DE REFERENCIA

- Dicker, Joël. 2013. *La verdad sobre el caso Harry Quebert*. Traducido por Juan Carlos Durán Romero. Madrid: Alfaguara.

ESTUDIOS DE REFERENCIA

- Dubois, Jacques. 1992. *Le Roman policier ou la Modernité*. París: Nathan.
- Reuter, Yves. 1997. *Le Roman policier*. París: Nathan.